LA FILLE

DE

MOLIÈRE

COMÉDIE EN UN ACTE EN VERS

Paris. — Imprimé chez Bonaventure et Ducessois,
55, quai des Augustins.

LA FILLE

DE

MOLIÈRE

COMÉDIE EN UN ACTE, EN VERS

Représentée, au second Théâtre-Français (Odéon),
15 janvier 1863, 241e anniversaire de la naissance de Molière

PAR

M. ÉDOUARD FOURNIER

PARIS

E. DENTU, ÉDITEUR

Libraire de la Société des Gens de lettres

PALAIS-ROYAL, 13 ET 17, GALERIE D'ORLÉANS

ET A LA LIBRAIRIE CENTRALE, 24, BOULEVARD DES ITALIENS

1863

PERSONNAGES	ACTEURS :
CLAUDE DE MONTALANT, 40 ans.......	MM. LUDOVIC.
ÉTIENNE, SON FRÈRE, 25 ans..............	POREL.
PROVENÇAL, autrefois valet chez Molière.	ROMANVILLE.
MADELAINE, FILLE DE MOLIÈRE...........	Mlles MOSÉ.
JEANNE POQUELIN, SA COUSINE.........	DELAHAYE.
LAFORÊT, autrefois servante chez Molière..	PICARD.

La scène est à Argenteuil, chez Montalant, vers 1692.

LA

FILLE DE MOLIÈRE

COMÉDIE EN UN ACTE, EN VERS.

SCÈNE PREMIÈRE

CLAUDE, ÉTIENNE.

ÉTIENNE, *entrant, à Claude qui lit attentivement.*

Je gage que tu lis du Molière encor...

CLAUDE.

Oui.

ÉTIENNE.

Toujours avec Alceste ..

CLAUDE.

Et plus triste que lui.

ÉTIENNE.

Pourquoi?

CLAUDE.

C'est qu'en des temps qui vont comme les nôtres,
L'ennui qu'on a s'accroît des tristesses des autres :
Sous un maître vieilli, va, nous sommes bien vieux!

ÉTIENNE.

Bah! pour moi, le chagrin n'est pas contagieux.

CLAUDE.

J'ai, pour me consoler, ce qu'on ne peut proscrire :
L'ami qui rit encor, lorsqu'on ne sait plus rire,
Qui daigne être bouffon, pour mieux pouvoir oser,
Et fait penser l'esprit qu'il ne veut qu'amuser.
Avec ce compagnon, l'on n'est pas solitaire...
Et dire qu'à présent le roi le ferait taire!

ÉTIENNE.

Toi, du moins, tu l'as vu.

CLAUDE.

Trop peu; c'est mon regret.
Je ne savais pas même alors qu'on l'admirait.
Sa vie, hélas! qui fut si rapide et si pleine,
Touchait à sa fin; moi, j'avais quinze ans à peine,
J'obtins de lui l'accueil qu'un fils eût attendu.
Il aimait les enfants, il en avait perdu.

ÉTIENNE.

Que lui semblait le monde?

CLAUDE.

Un fâcheux... nécessaire;
Faux, mais pouvant fournir une étude sincère.

ÉTIENNE.

Le voyait-il?

CLAUDE.

Souvent. Non par goût, ni plaisir,
Mais pour les vérités qu'il y pouvait saisir.
Même il l'attirait.

ÉTIENNE.

Lui!

CLAUDE.

Belle était sa fortune,
Tu le sais, et gagnée aussi bien que pas une.
L'emploi qu'il en sut faire était à son honneur.
Comédien, il eut le train d'un grand seigneur,
Table ouverte.

ÉTIENNE.

Ah!

CLAUDE.

Pour cause. Ainsi,—comment dirai-je?—
Chasseur à sa manière, il amorçait son piége.
Ses convives divers, hommes d'esprit ou sots,
Couraient sans défiance à l'appât des morceaux;
Lui, sobre, l'œil au guet, prenait à la pipée
Dans la chaleur du vin la phrase émancipée.
C'était comme un torrent de sottise ou d'esprit;
Car, pour lui bien payer le bon repas qu'il prit,
Chacun, en sa monnaie, alors faisait largesse,
Et de cette folie il tirait la sagesse!
Pour lui, pas un seul mot qui ne portât son fruit.
Son œil contemplateur dévorait dans le bruit.
Nulle voix n'y parlait plus haut que son silence.

ÉTIENNE.

De sa fille avec lui je vois la ressemblance:

Elle a de cet esprit calme et silencieux,
Discret par la parole, éloquent par les yeux.

CLAUDE.

Oui, ce je ne sais quoi de la raison qui doute,
Qui craint de s'égarer et qui d'abord écoute,
Que son attention longtemps semble absorber,
Mais qui, l'instant venu, laisse à propos tomber
Un de ces mots heureux, perles d'un esprit juste,
Que le bon sens façonne et la malice incruste.
Du paternel génie, elle suit le destin,
Et c'est sans le savoir : elle imite d'instinct.
Elle était au berceau lorsque mourut son père.

ÉTIENNE.

Sa mère au moins a dû lui raconter...

CLAUDE.

Sa mère!
Sa mère, que l'on nomme aujourd'hui la Guérin,
Que cette mort laissa sans pleurs, le front serein,
Et qui de tant de gloire osant faire litière,
Pour un autre échangea le beau nom de Molière!
Tu la connais mal. (S'animant.) Quand le ciel a bien voulu
Vous donner pour époux un grand homme, un élu,
S'il tombe, aux souvenirs sans trêve on se dévoue;
Votre vie est brisée et rien ne la renoue;
De l'ombre on fait sa gloire, et des pleurs son orgueil;
On s'habille de noir, et l'on meurt dans son deuil.
Elle!... se croyant libre, elle a dans son théâtre
Choisi, sans marchander, un *confident* bellâtre,
Roi du monosyllabe, un froid comédien,
Et dont l'esprit du moins ne gêne plus le sien,
Mais avec qui, dit-on, par instant elle expie
Tout ce que sa conduite eut de scandale impie.

Ce lourd passé lui pèse. Elle en fait un secret
A sa fille surtout, qui la mépriserait.
La faute qui s'attaque aux hommes de génie
Est ainsi, vois-tu bien, cruellement punie.
Leur gloire est un arrêt, dont la sévérité
Se perpétue avec leur immortalité.
Molière prend déjà cette revanche amère.
Mais sa fille, sur lui, n'a rien su par sa mère,
Et pour l'instruire mieux personne n'a parlé.

ÉTIENNE.

Pourtant...

CLAUDE.

N'a-t-elle pas de bonne heure exilé
Cette enfance gênante, ici près, dans un cloître
Où, d'instinct, en vertus, en grâce elle a su croître?
Sa fille ainsi dans l'ombre effaçant sa beauté,
Madame reste jeune avec impunité.
Parle-t-on de ce cloître, elle veut qu'on réponde :
« Madelaine s'y plaît, elle a grand'peur du monde! »
Or, tu dois le savoir, ce n'est pas au couvent
Que l'auteur de *Tartufe* est cité trop souvent.
Mauvaise mère, Armande a donc ce qu'elle espère.
Qui voit sa fille? Qui lui parle de son père?
Personne !...

ÉTIENNE.

Excepté nous, sitôt qu'elle est ici.

CLAUDE.

Trop peu.

ÉTIENNE.

Je la devance.

CLAUDE.

Elle vient?

ÉTIENNE.

Jeanne aussi,
Sa cousine, sur qui s'étend votre puissance
De tuteur indulgent, et dont l'obéissance
Est presque de l'amour.

CLAUDE.

Quelle pensée as-tu ?

ÉTIENNE.

Une bonne, une vraie.

CLAUDE.

Eh ! non !

ÉTIENNE.

Dût ta vertu
S'effaroucher, je dis que Jeanne t'aime.

CLAUDE.

Encore !

ÉTIENNE.

Oui...

CLAUDE.

Pur caprice, va, d'une enfant qui s'ignore,
Dont le cœur curieux s'essaye au sentiment.

ÉTIENNE.

Et qui voudrait par toi commencer son roman.

CLAUDE.

Roman n'est pas mal dit. Elle n'est jamais lasse
De ces livres sans fin. Sur un cahier de classe,
L'autre jour, on la prit qui s'en composait un...

ÉTIENNE.

Dont les héros, sans doute, avaient des noms d'emprunt ?

CLAUDE.

Comme en ces vieux fatras de *Cyrus* ou *Clélie*
Que la province adore, et que Paris oublie,

Tout du cloître au château cède à ce goût mauvais.

ÉTIENNE.

Jeanne suit le courant ; j'en ris... Si tu savais
Quel nom de *précieuse* elle a pris...

CLAUDE.

Peu m'importe !
Mais qu'elle continue, et, de la bonne sorte...

ÉTIENNE.

Quoi ?

CLAUDE.

Je me fâcherai.

ÉTIENNE.

Toi !... moins que tu le dis !...
Quand on aime...

CLAUDE.

Ah !...

ÉTIENNE.

Voyons, lorsque, les beaux jeudis,
Le couvent, moins sévère, ouvrant un peu ses grilles,
Laisse échapper vers toi ces deux aimables filles,
Libres, charmantes ; quand l'abbesse d'Argenteuil,
Qui ne pourrait les voir, sans crainte d'un écueil,
Aller jusqu'à Paris chez la comédienne,
Leur défend sa maison, et, préférant la tienne,
Permet que, chaque fois, le bienheureux congé
Se passe ici, chez toi, tuteur grave et rangé,
Quand toutes deux sont là, dis, n'es-tu pas bien aise ?

CLAUDE.

Oui. Cela prouve-t-il qu'une des deux me plaise ?

ÉTIENNE.

J'y suis !... C'est Madelaine, et...

CLAUDE.

Que me dis-tu là
Vois son âge et le mien...

ÉTIENNE.

Quoi?

CLAUDE.

Molière en cela
Me donne, avec sa femme, une leçon si vraie!
Il fut trop vieux pour elle, et son malheur m'effraie.
Mais, toi, voyons, laquelle aimerais-tu le mieux?

ÉTIENNE.

Jeanne : un roman lui plaît, nous le ferions à deux.

CLAUDE.

Et Madelaine, alors te semble?...

ÉTIENNE.

Oh! trop sévère.
Sa vigueur de raison impose. On la révère
Plus qu'on l'aime; on l'admire, en craignant d'admirer,
Et comme s'il fallait un jour trop l'adorer.

CLAUDE.

C'est le charme subi sitôt qu'on la regarde.
Oui... Tu dis qu'elle vient?

ÉTIENNE.

Et je vois qu'elle tarde.
Jeanne aussi. Je retourne à leur rencontre.

CLAUDE.

Va.

ÉTIENNE.

Une sœur les conduit, chapelet en main. (Riant.) Ha!
Je m'amuse toujours de voir une tourière
Ramenant du couvent la fille de Molière.

(Il sort.)

SCÈNE II

CLAUDE seul, puis PROVENÇAL.

CLAUDE, regardant s'éloigner son frère.

Aime Jeanne. En mon cœur s'il faisait encor jour,
Ce n'est pas là qu'irait s'égarer mon amour.
(Après une pause, en rêvant.)
La différence d'âge, hélas! est trop choquante.

PROVENÇAL, entrant.

Monsieur.

CLAUDE.

Qui me dérange?

PROVENÇAL.

Une place est vacante
Chez vous, et...

CLAUDE.

Tu la veux?

PROVENÇAL.

Oui.

CLAUDE.

Tu n'es pas trop mal.

PROVENÇAL.

On me l'a dit souvent.

CLAUDE.

Ton nom est...?

PROVENÇAL.

Provençal.

CLAUDE.

As-tu des qualités?

PROVENÇAL.

Monsieur, je les ai toutes.

CLAUDE.

Même la modestie ?

PROVENÇAL.

On n'eut jamais de doutes
Sur ma probité...

CLAUDE.

Diable ! As-tu beaucoup servi ?

PROVENÇAL.

Beaucoup, et des maisons ! Monsieur sera ravi.

CLAUDE.

Où ?

PROVENÇAL.

Chez un président, deux marquis, trois comtesses,
Un duc ; j'ai failli même entrer chez des altesses.
Monsieur voit...

CLAUDE.

Que tu pris le ton de chaque hôtel.

PROVENÇAL, se carrant.

Le ton ?

CLAUDE.

Impertinent...

PROVENÇAL.

C'est mon ton naturel.

CLAUDE.

Après ?

PROVENÇAL.

Chez un chanoine.

CLAUDE.

Où tu fis abstinence ?

PROVENÇAL.

Je jeûnais pour monsieur...

CLAUDE.

Après?

PROVENÇAL.

Dans la finance.

CLAUDE.

Ah ! fripon ! tu dois être un de ces francs marauds...

PROVENÇAL.

Moi ! je ne servais pas, monsieur, dans les bureaux !

CLAUDE.

Es-tu vraiment honnête?

PROVENÇAL.

Oh !

CLAUDE.

Discret ?

PROVENÇAL.

Trop !

CLAUDE.

Docile

ROVENÇAL.

Oh !... Monsieur me prend?

CLAUDE.

Non...

PROVENÇAL.

Monsieur est difficile!

J'ai des répondants.

CLAUDE.

Toi?

PROVENÇAL.

Pour ne vous cacher rien,

J'ai servi, tout petit, chez un comédien.

CLAUDE.

Je n'y vois pas grand mal.

PROVENÇAL.

Ah!... Ce fut la première
De mes places..

CLAUDE.

Comment s'appelait-il?

PROVENÇAL.

Molière.

CLAUDE, ravi.

Molière? quoi!

PROVENÇAL.

Monsieur le connaissait-il?

CLAUDE.

Oui!
Je t'arrête...

PROVENÇAL.

Vraiment!

CLAUDE.

Nous parlerons de lui.

PROVENÇAL.

S'il s'agit de parler, monsieur, je suis votre homme,

(Faisant le signe de l'argent que l'on compte.)

Et...

CLAUDE.

Ce que tu voudras...

PROVENÇAL.

C'est une forte somme.

CLAUDE.

Mais c'est bien sûr au moins?

PROVENÇAL.

Est-ce qu'on mentirait?

Et pour preuve, d'ailleurs, madame Laforêt...

CLAUDE.

Sa servante!

PROVENÇAL.

Monsieur connaît donc tout le monde?

CLAUDE.

Laforêt, m'as-tu dit?...

PROVENÇAL.

Puisqu'il faut qu'on réponde:
De votre humble valet, vous viendra voir tantôt.

CLAUDE.

Elle!

PROVENÇAL.

Et fera de moi les éloges qu'il faut...

CLAUDE, ravi.

Ah! la voir! lui parler! Elle a dû le connaître.
Celle-là...

PROVENÇAL.

Je crois bien!

CLAUDE.

Et c'était un bon maître,
N'est-ce pas?

PROVENÇAL.

Bon? pas trop. Il voulait tout savoir;
Il vous avait un œil, ah! qui savait tout voir.
Il vous dévisageait des pieds jusqu'à la tête,
Il entrait dans le cœur. Moi, qui ne suis pas bête,
Qui suis même, dit-on, fin : il me devinait.

CLAUDE.

C'était gênant.

PROVENÇAL.

Sans doute. Ensuite, il pardonnait.
Est-ce bien sûr, monsieur, que c'était un génie?

CLAUDE.

On le dit...

PROVENÇAL.

Je vous crois. Mais il eut sa manie :
Si, pendant son travail, quelqu'un avait bougé,
Par exemple! ah! quels cris! Avait-on dérangé
Chez lui même une paille, un rien : fureur nouvelle!
En brouillant ses papiers, on brouillait sa cervelle.
Si vous saviez un jour le beau train qu'il m'a fait,
Ah! rien que d'y penser, j'en éprouve un effet,
Un froid!—Je suis distrait. Chez lui, la matinée,
J'allais faire le feu. Près de la cheminée,
Je trouve un gros cahier, qu'on avait fait tomber;
Je le prends, je l'allume, il se met à flamber;
Monsieur survient.—J'avais fait une maladresse.—
« Ciel! ma traduction, cria-t-il, mon *Lucrèce!* »

CLAUDE.

Malheureux!

PROVENÇAL.

Justement, c'est ce qu'il répétait :
« Malheureux! un travail de vingt ans! » Il était
Rouge, et moi, blanc. Il rit en me voyant si blême;
Ce fut tout. Il était brave homme tout de même.

CLAUDE.

Bien! ce drôle a du bon.

PROVENÇAL.

Chez monsieur, le profit
N'était presque rien; mais chez madame, suffit!

CLAUDE.

Je t'entends : avec elle, on avait des ressources?

PROVENÇAL.

J'allais chez des messieurs qui payaient bien les courses;
C'étaient lettres par-ci, billets par-là, cadeaux galants;
On pouvait exercer tous ses petits talents.
Oui, sa discrétion surtout. Un bon mystère,
Quelle aubaine ! Parler, mauvais profit; se taire,
Oh! oh! c'est différent.

CLAUDE.

Votre silence est d'or,

PROVENÇAL.

Ou d'argent... Ah! monsieur, j'y voudrais être encor.

CLAUDE.

Voilà bien les valets. Ils s'engraissent du vice;
L'honnête homme ne peut compter sur leur service.
La bonne Laforêt au moins le servit bien.

PROVENÇAL.

Trop. Du zèle toujours; ça n'aboutit à rien.
Et pas d'invention, la pauvre bonne fille!
Routinière!

CLAUDE.

Il aurait posé pour Mascarille.

PROVENÇAL.

Par bonheur, en mourant, monsieur lui fit un sort;
Elle en avait besoin. Aussitôt qu'il fut mort,
A la campagne seule elle s'est retirée
Tout près d'ici.

CLAUDE.

Jamais je ne l'ai rencontrée.

PROVENÇAL.

C'est qu'elle ne sort pas sans se faire prier ;
Hormis à pareil jour, au mois de février,
Elle fait à Paris un voyage. Sans doute,
C'est ce qui la retarde ; elle est vieille, et la route...

SCÈNE III

LES MÊMES, UN VALET.

LE VALET, annonçant.

Madame Laforêt.

CLAUDE.

Je vais la recevoir.

PROVENÇAL.

Vous !

CLAUDE.

Il n'est pas d'égards que l'on ne doive avoir
Pour qui servit longtemps et si bien le génie,
Et, fidèle, mouilla de pleurs son agonie !

(Il sort.)

SCÈNE IV

PROVENÇAL, puis JEANNE.

PROVENÇAL.

C'est un original.

JEANNE, entrant vivement.

N'êtes-vous pas d'ici ?

PROVENÇAL.

Pour vous servir...

JEANNE.

Voici deux lettres : celle-ci,
Pour votre maître.

PROVENÇAL.

Bien.

JEANNE.

Et l'autre, pour son frère.
Chut !

PROVENÇAL, à part.

Deux secrets d'un coup, cela va nous distraire.
(Lisant les adresses.)
Ah ! les drôles de noms : Cléonyme, Altamon,
Altamon ! Quoi, monsieur s'appelle ainsi ?

JEANNE.

Mais non...
Où donc as-tu servi ? Qui donc t'apprit à vivre ?
N'aurais-tu donc jamais flairé même un bon livre,
Et ne saurais-tu rien de ce qu'on sait partout ?
Apprends qu'aux lieux choisis, où règne le bon goût,
On a...

PROVENÇAL.

Des sobriquets...

JEANNE.

Ah ! j'en reste saisie,
Des sobriquets ! butor ! des noms de poésie.

PROVENÇAL.

C'est tout comme.

JEANNE.

Des noms d'amour et de roman.
Entends-tu, comprends-tu?

PROVENÇAL.

Très-bien! Voilà comment
Monsieur est devenu Cléonyme et son frère
Altamon...

JEANNE.

Malheureux! tu dis tout le contraire,
C'est...

PROVENÇAL.

Je m'en souviendrai... (A part.) C'est drôle tout cela.
(Haut.)
Les femmes ont sans doute aussi de ces noms-là?

JEANNE.

J'en donne à ma cousine un tout plein d'harmonie :
Almazie est son nom, le mien est Parthénie.

PROVENÇAL.

Faudra-t-il vous donner ces noms-là, s'il vous plaît?

JEANNE.

Garde-t'en bien toujours, maraud! pour un valet
Tout roman est muet, et l'esprit anonyme...
Va!

PROVENÇAL, à part, en s'en allant.

Le frère Altamon, mon maître Cléonyme.
Non!... si fait... après tout...

(Il sort.)

SCÈNE V

JEANNE, MADELAINE.

JEANNE, à Madelaine qui est entrée depuis un instant et regarde par la fenêtre plaçée à droite

Que fais-tu dans ce coin,
Et que regardes-tu?

MADELAINE.

Moi! j'admire de loin
Monsieur Claude empressé près d'une bonne dame.

JEANNE.

On dirait que pour elle il a tendresse d'âme.
Nous passions, il n'eut pas pour nous même un coup d'œil.

MADELAINE.

Elle avait l'air bien triste, elle était tout en deuil,
Et sous sa mante noire, où frissonnait la neige,
Je crois qu'elle tremblait, pauvre femme! Que n'ai-je
Pu m'arrêter près d'elle et...

(Elle fait un mouvement vers la porte.)

JEANNE.

Vas-tu me quitter
Pour elle maintenant? S'il fallait t'écouter,
Auprès des gens de rien nous devrions nous plaire.
Tu n'as de passion que pour le populaire.
Avec ta riche dot, tu prendras un vilain.

MADELAINE.

Ah ça! mais qu'es-tu donc, toi, Jeanne Poquelin?
Et que suis-je aussi moi, Madelaine Molière?

JEANNE.

La fille d'un grand homme.

MADELAINE.

Ah! de lui je suis fière.
Ce qu'il fut, je le sens, mieux que je ne le sais;
Mais c'est aux gens de rien qu'il dut son vrai succès.
Le roi, les grands d'abord furent de la partie :
Mais le peuple a fait plus avec sa sympathie.
A créer cette gloire, il mit son cœur : eh bien!
En échange il aura toute l'ardeur du mien.

JEANNE.

Cela me vaut au moins un morceau d'éloquence
Rare chez ton esprit trop souvent en vacance.

MADELAINE.

Raille, va; mon esprit est parfois en retard,
Je le sais, et mon cœur en revanche est bavard :
Il éclate sitôt qu'une douleur le serre,
Et ne dit pas un mot, si ce mot n'est sincère.
Que veux-tu? je me perds, moi, dans votre phœbus,
Et, s'il faut grimacer, je m'y perds encor plus.
En vain, pour que je parle, on me fera des guerres.
Il faut que l'on soit franc : donc, je ne parle guères.
Monsieur Claude est de même.

JEANNE.

Ah! grâce! pas ce nom.
Qui me le fait haïr! je n'aime...

MADELAINE, riant.

Ah!... qu'Altamon!
Que c'est doux, Altamon! que c'est fin! quel beau titre
Pour l'œuvre dont sans cesse on soupire un chapitre!
Fi donc! Claude! est-ce un nom de ce pays charmant,
Où tout amour éclôt pour fleurir en roman?

JEANNE.

En roman! peut-on dire? en roman! par exemple!

MADELAINE.

Oui, roman. Ton amour en est un, et fort ample.
Ce que tu crois sentir, voyons, le sens-tu bien?
C'est ton esprit qui parle, et ton cœur n'en sait rien.
Claude...

JEANNE.

Encor!

MADELAINE.

Ne fut pas un tuteur ordinaire,
Soit. Mais pourquoi l'orner d'un charme imaginaire?
Écoute, et ne crois pas que j'exagérerai :
Du bien tu fais le pire en détruisant le vrai.
Je ne sais rien chez toi qui n'arrive à l'extrême :
Si quelqu'un par hasard t'a regardée, il t'aime.

JEANNE.

Ah!

MADELAINE.

Ce n'est qu'un ami, tu rêves un amant.
Tu mets ainsi du fard à chaque sentiment;
Et des choses du cœur tirant la quintessence,
Tu t'es fait un amour de ta reconnaissance.

JEANNE.

Tu sais qu'il fut pour moi...

MADELAINE.

Paternel, on l'admet,
Voilà tout, tu devrais l'aimer comme il t'aimait.
Claude de Montalant est noble en sa province.
Est-ce assez? que non pas! Toi, tu le rêves prince.

JEANNE.

Et tu pourrais penser...

MADELAINE.

Que tu t'en vas rêvant
Au jour où ton héros t'enlève du couvent.
Ne compte pas sur lui, ma Jeanne. Par nature
Et raison, ce n'est pas un homme d'aventure.
Un caractère fort, où se soutient l'élan
D'un esprit généreux ; l'amour vrai du talent ;
Cette admiration prompte, sûre, éclairée,
Qui vous met au niveau de la chose admirée,
Qui dans un cher passé, me guidant pas à pas
Vers mon père qu'hélas ! je ne connaissais pas,
M'ouvrit en souriant son âme, comme un livre,
Et par de doux récits avec lui me fit vivre ;
Un cœur sincère enfin, sans morgue de vertu :
Voilà Claude !

JEANNE.

Pour voir si juste, que fais-tu ?

MADELAINE.

J'écoute, observe, en moi j'éveille ce qui pense ;
Un peu de sens commun vient : c'est ma récompense.

JEANNE.

Si tu devines bien, moi je devine aussi.
Par exemple, j'ai vu qui ton cœur aime ici.

MADELAINE.

Vraiment ! Renseigne-moi sur l'ardeur qui m'anime,
Sur le feu, qui me brûle ? Eh bien ! c'est...

JEANNE.

Cléonyme.

MADELAINE.

Étienne, ah ! dis Étienne, ou je me fâcherais.
Oh ! pas de Cléonyme ! il me faut des noms vrais,

Et je ne puis souffrir qu'une mode fantasque,
Fasse à celui qu'on à courir le monde en masque.

JEANNE.

Soit! puisque le commun a pour toi tant d'appas :
Étienne! mais réponds.

MADELAINE.

Moi! je ne l'aime pas...
Cela te surprend-il? — Ce n'est pas tout : lui-même
M'idolâtre aussi peu : pourquoi? parce qu'il t'aime.

JEANNE.

Ah!

MADELAINE.

Tu l'aimes aussi.

JEANNE.

Moi?

MADELAINE.

Toi!

JEANNE.

Non!

MADELAINE.

Chaque fois
Que vous êtes ensemble, il est ému; sa voix
Se trouble, et toi tu prends des tons de tourterelle.
Ce sont les seuls moments où tu sois naturelle.
Malgré le précieux, qui ne te peut quitter,
Ton langage est plus vrai; tu sais mieux écouter,
Tu ne t'aperçois pas autant qu'on te regarde,
Sous la prétention dont ton esprit se farde,
Le pur sentiment perce et le cœur se fait jour
Par un je ne sais quoi qui doit être l'amour.

JEANNE.

Cependant...

MADELAINE.

Tout à l'heure, il guettait sur la route,

JEANNE

Étienne!

MADELAINE.

Ah! très-bien dit, je n'ai plus un seul doute.

JEANNE.

Et je ne l'ai pas vu!

MADELAINE.

Mieux encor. Ce regret,
Si je ne savais rien, Jeanne, te trahirait.

JEANNE.

Où donc étaient mes yeux, mon esprit?

MADELAINE.

En voyage.
Ton regard accrochait des rêves au nuage
Qui passait. Moi, j'étais sur terre, où j'employais
Mon temps à ma façon : tu rêvais, je voyais,
Et très-bien, n'est-ce pas?

JEANNE.

Oui! Mais c'est à confondre.
Sur mes vrais sentiments tu m'apprends à répondre;
Je m'y brouillais un peu; toi, tu m'y fais voir clair,
Tu connais mieux mon cœur que moi-même... Ah! quel flair,
Quel tact et quel esprit! Mais quelle volte-face!
Aussi pour mon roman! Que faut-il que je fasse?

MADELAINE.

C'est tout simple! aime Étienne. Oh! je fais le pari,
Qu'il n'a pas d'autre espoir; il sera bon mari...

JEANNE.

(Se ravisant.)

Sans doute, et quel bonheur ce serait! Mais ma lettre!

MADELAINE.

Quelle lettre?

JEANNE, à part.

Imprudente!

MADELAINE.

Oh! j'y suis. Ce doit être,
Ou je me trompe fort, un de ces deux billets
Qu'en cachette tantôt, Jeanne, tu barbouillais,
Avec de grands soupirs et beaucoup de ratures.

JEANNE, embarrassée.

Non!

MADELAINE.

Si fait! c'est cela... Toujours des aventures!

JEANNE.

Telles qu'on s'en permet...

MADELAINE.

Chez les fous...

JEANNE.

Ah!

MADELAINE.

Dis-moi.
L'aurais-tu par hasard envoyé?...

JEANNE, de plus en plus embarrassée.

Non...

MADELAINE.

Ma foi!
C'eût été mal, sais-tu.

JEANNE.

Mal?

MADELAINE.

Oh! très-mal!

JEANNE.

Quoi!

MADELIANE.

Certes.

JEANNE, à part.

Il paraît que j'ai tort. (Haut.) Toi tu vous déconcertes
D'un mot... (A part.) Il n'est plus temps! (Haut.) Tu sais bien [que partout]
Ces échanges d'esprit sont trouvés de bon goût,
Quel danger?

MADELAINE.

Un très-grand...

JEANNE.

Songe, mon Almazie....

MADELAINE.

Bon! cela nous manquait; tiens, si la fantaisie,
Jeanne, te prend encor de me donner ce nom.
Je veux, sans barguigner, t'appeler Jeanneton!

JEANNE.

Quel langage!

MADELAINE.

Le vrai, Jeanne.

JEANNE.

Il me désespère.

MADELAINE.

Si je ne l'avais pas, je renierais mon père.

SCÈNE VI

LES MÊMES, PROVENÇAL.

PROVENÇAL.

Monsieur peut recevoir ces demoiselles.

MADELAINE.

Bien !

PROVENÇAL, bas à Jeanne.

Les billets sont remis.

JEANNE, à part.

Je n'y peux donc plus rien.

MADELAINE.

C'est fini ! Viens, entrons.

JEANNE.

Passe.

MADELAINE.

Es-tu façonnière.

Entre...

JEANNE.

Non, pas avant la fille de Molière !

(Elles sortent.)

SCÈNE VII

PROVENÇAL, seul.

La fille de Molière ! Est-ce possible ? Quoi !
La fille de monsieur Molière, devant moi !
Là... Mais non, je l'aurais reconnue, et bien vite ;
Il est vrai, qu'elle était alors toute petite...
Et jolie ! elle l'est toujours. Ça consolait
Le pauvre homme malade. Ah ! comme il l'appelait
Près de son grand fauteuil : « Viens, Madelon, ma mie,
Viens, viens. » Il se levait pour la voir endormie.
Madame aussi, mais moins. Il avait beau souffrir,
Quand au Palais-Royal je la menais courir,

Monsieur, coûte que coûte, était à sa fenêtre,
Et quel bonheur, sitôt qu'il la voyait paraître,
Passer et repasser sous les grands marronniers!
Quels sourires! Hélas! ce furent les derniers.
Eh bien! mais... Je n'ai pas l'âme aisément émue
D'ordinaire pourtant; et cela me remue.
Oui, j'ai la larme à l'œil... Ne faites pas l'enfant,
Provençal, mon ami! l'honneur vous le défend.

(Il va regarder par le trou de la serrure.)

C'est qu'elle est devenue un joli brin de fille!
Et jarni! quel regard! l'œil de son père y brille.

SCÈNE VIII

PROVENÇAL, LAFORÊT.

LAFORÊT, s'approchant, et lui frappant sur l'épaule.

Quoi, déjà!

PROVENÇAL.

Cette fois, pas de sévérité!
Là, vrai! ce n'était pas par curiosité.
Vous a-t-on bien reçue? Êtes-vous?...

LAFORÊT.

Oh! ravie
On ne peut plus, ce jour comptera dans ma vie.
Quel excellent monsieur! et quel charmant accueil!
J'étais heureuse! Tiens, j'en oubliais mon deuil.
Mais c'est qu'il a beaucoup connu notre bon maître.
Sais-tu? Non comme ceux qui disent le connaître
Pour l'avoir entrevu sur le théâtre, lui,

C'est de près qu'il l'a vu, sans façon, souvent : oui,
Autant que nous, aussi l'aime-t-il le digne homme !
Il en parle, vois-tu, c'est un vrai plaisir ! Comme
Dans cette maison-là, toi, tu vas être bien.
Si j'y pouvais entrer, j'y servirais pour rien.
« Je voudrais disait-il, vous faire une surprise, »

PROVENÇAL, comprenant.

Ah !

LAFORÊT.

Mais on l'attendait, quand je gêne, je brise.
Une visite, net... je suis partie... Adieu.

PROVENÇAL.

Mais si l'on vous disait que l'on devine un peu
Quelle est cette surprise et...

LAFORÊT.

N'importe !

PROVENÇAL, à part.

Peut-être !

(Haut.)

Voyons, pour embrasser la fille du cher maître...

LAFORÊT.

De Molière ?

PROVENÇAL.

Eh bien ! oui.

LAFORÊT.

Madelon ?

PROVENÇAL.

Madelon.

Dites, que feriez-vous ?

LAFORÊT.

Nul chemin n'est trop long
Pour un pareil bonheur ; j'irais, coûte que coûte,
J'irais au bout du monde.

PROVENÇAL.

Épargnez-vous la route:

Madeleine est là...

LAFORÊT.

Vrai!

PROVENÇAL.

Restez, vous l'allez voir.

LAFORÊT.

Je reste!... Ah! je mourrai de joie avant ce soir.

PROVENÇAL, regardant par la porte de gauche, qui vient de s'ouvrir.

Je l'aperçois qui vient, sa cousine avec elle.

LAFORÊT.

Montre-la-moi,

PROVENÇAL.

C'est...

LAFORÊT.

Non... ne me dis pas laquelle.

Je veux la deviner... Pour me faire un maintien,

Si j'avais quelque chose... un balai...

PROVENÇAL.

Quoi?

LAFORÊT.

Le tien!

(Elle le prend.)

PROVENÇAL, riant.

Vous voulez...

LAFORÊT.

Pourquoi pas?

PROVENÇAL.

L'idée est singulière.

LAFORÊT.

Ah! je crois être encor servante chez Molière.

SCÈNE IX

LES MÊMES, MADELAINE, JEANNE.

PROVENÇAL, à Laforêt.

Silence!

JEANNE.

Il m'a paru sévère et froid.

MADELAINE.

Mais, non.

Il fut, comme toujours, doux, indulgent et bon.

JEANNE.

Prêcheur.

MADELAINE.

Il nous donna les avis ordinaires.

JEANNE.

Sais-tu qu'il nous prend trop pour des pensionnaires!

MADELAINE.

Ne le sommes-nous pas toujours?

LAFORÊT, à part.

Bien!

JEANNE.

En tout cas,

Il pourrait s'épargner...

MADELAINE.

Il ne me déplaît pas

Qu'un homme, comme lui, me conseille et m'éclaire.

LAFORÊT, à part.

Très-bien! de la raison...

JEANNE.

Pour moi, je ne tolère
En fait d'avis que ceux...

MADELAINE.

Que tu te donnes.

JEANNE.

Oui.

MADELAINE, riant.

Ha! ha! c'est très-commode.

LAFORÊT, à part.

Elle rit comme lui.

MADELAINE.

La leçon faite ainsi n'a plus rien qui déplaise:
On se l'a dit bien bas, on l'écoute à son aise,
On se désobéit sans se gronder trop haut.
(Riant.)
Ha! ha! tiens! si j'avais un peu l'esprit qu'il faut,
Je te mettrais, bien sûr, dans quelque comédie.

LAFORÊT.

Oui!... c'est bien elle. (N'y tenant plus.) Enfant...!

JEANNE.

Cette femme est hardie.

MADELAINE.

La dame de tantôt...

LA FORÊT.

Qui veut... vous embrasser.

MADELAINE.

Moi! volontiers.

JEANNE.

Ma foi! c'est peu s'embarrasser
Du préambule au moins.

LAFORÊT.

Chère enfant! qu'elle est bonne!

Je la rêvais ainsi, d'elle rien ne m'étonne.
Mais maintenant il faut vous dire qui je suis,
N'est-ce pas?

JEANNE.

Il est temps.

LAFORÊT.

Si pourtant je le puis,
Car je suffoque presque. On aura dû, j'espère,
Vous parler de quelqu'un qui servait votre père,
Une bonne femme.....

MADELAINE.

Oui......Laforêt! vous ici?
Vous! mais je veux d'abord vous embrasser aussi.

JEANNE.

Encore! ah! laissons-les.

PROVENÇAL, s'essuyant les yeux.

Tout cela me démonte.
Décidément... je fonds... Partons, car j'en ai honte.

(Il sort.)

SCÈNE X

MADELAINE, LAFORÊT.

MADELAINE.

Parle-moi de mon père...

LAFORÊT.

Ah! je l'ai bien connu.
Je n'ai pas de mémoire, et j'ai tout retenu
De ce qui fait penser à lui, pauvre cher homme!

Pardon! mais c'est ainsi qu'à part moi, je le nomme.
L'appeler autrement ce serait le changer,
Et je croirais alors que c'est un étranger.
Je ne vous dirai mot de son talent sans doute;
Je sens bien ce que c'est, mais je n'y verrais goutte.
J'irai droit à son cœur, tout d'un trait, tout d'un bond.
Ils disent: il est grand! je dis: Il était bon!

MADELAINE.

On n'est pas l'un sans l'autre.

LAFORÊT.

Oh! n'est-ce pas, mignonne?
N'est-ce pas? le génie est ce que le cœur donne.
Parmi ceux qui venaient chez nous tant raisonner,
Et qui, par leur babil, allongeaient le dîner,
D'aucuns disaient: Quels traits! quel talent, ce Molière!
Quelle diversité! c'est une fourmilière
D'esprit!... Nul ne disait: Quel cœur! ça me surprit.

MADELAINE.

Le mot est là pourtant: le cœur est son esprit,
Je le sens...

LAFORÊT.

Vous avez dit juste ma pensée,
Mais en me la faisant plus vraie et plus sensée.
Eh bien! c'était de même avec lui: que de fois
Le mot qui me manquait me coupa net la voix!
Il le trouvait pour moi, se hâtait de l'écrire,
Puis il me le lisait tout frais; et moi de rire!
Il aimait mon patois, il en prenait leçon;
Mais sa sauce valait bien mieux que mon poisson.
J'ai gagné cent pour cent à passer par ses rôles,
Car je me trouve sotte, et je les trouvais drôles.

MADELAINE.

Il vous consultait?

LAFORÊT.

Oui, c'est ma gloire, et souvent...
Mon avis était net, s'il n'était pas savant.
C'était un bon éclat de rire, bien sonore.
Que n'est-il là! J'aurais du cœur pour rire encore.
Que d'histoires! Tenez, par exemple Piarrot...
De *Don Juan*, que je crois, me rappelle qu'un rôt
Bien embroché, bien gras, brûla devant sa braise
Un beau jour que monsieur, pour m'écouter à l'aise,
M'avait fait trop longtemps jaser loin du fourneau.
Sa pièce avait marché, mais comme il fut penaud
Quand je servis le soir! pour moi, j'étais tremblante,
Le plat était manqué,

MADELAINE.

Mais la scène excellente.

LAFORÊT.

Mon ouvrage fini, sans me faire prier
Je courais au théâtre. Ah! J'aurais pu crier
Quand dégoisaient Lubin, Marinette ou Nicole :
« Palsangué! c'est chez nous qu'ils venaient à l'école! »

MADELAINE.

Il travaillait?

LAFORÊT.

Toujours.

MADELAINE.

Vraiment!

LAFORÊT.

Et n'importe où.
Allez! ce cerveau-là n'avait pas un seul trou,
Son temps pas un seul vide. Il faisait des journées,

Qui certes en valaient dix. Pendant les matinées,
Dans sa robe de chambre, à grands ramages verts,—
Je l'ai devant les yeux,— il ruminait ses vers;
On eût dit qu'il vivait dans l'œuvre commencée,
Tant il la reprenait aisément. Sa pensée
Arrivait en riant. On aurait pu la voir
Sur son front, dans ses yeux, comme sur un miroir.
Il se la répétait tout bas, dans un murmure,
Puis la laissait tomber, quand elle était bien mûre.

MADELAINE.

Où se reposait-il?

LAFORÊT.

Aux champs; sans un peu d'air,
Et de calme, sa vie aurait été l'enfer.
Pauvre homme! il se tuait pour amuser. L'étude
Le suivait jusque dans Auteuil, sa solitude.
Bons moments, mais trop courts! Il devait, sans retard,
Revenir à Paris, se barbouiller de fard,
Monter sur la scène, ou s'en aller au plus vite
Chez quelque grand seigneur, pour jouer en visite.

MADELAINE.

Le roi le demandait...

LAFORÊT.

Trop souvent. Quand la cour
En automne, à Chambord allait faire séjour,
Il fallait qu'il suivît, quand même, avec sa troupe,
Portant, comme il disait, tout son théâtre en croupe.

MADELAINE.

Mais c'était un honneur...

LAFORÊT.

Dont il eût pu mourir,
Car on voyait déjà ses forces dépérir.

Tout l'accablait : Souffrance, et travail et le reste...
Les chagrins...

MADELAINE.

Quoi?

LAFORÊT.

Pour lui, mieux eût valu la peste,
Pauvre cœur

MADELAINE.

Mais...

LAFORÊT.

Enfin, tout cela le brisait,
Et sans qu'il le fît voir jamais; on lui disait :
« Jouez moins, pensez moins, cessez un peu d'écrire. »
Il riait de ses maux, et même en faisait rire.
Il était au théâtre un soir très-souffrant, vint
Son ami Despréaux qui lui dit : « C'est en vain
« Donc que l'on vous supplie, en vain qu'on vous querelle,
« Vous voulez, je le vois, mourir en Sganarelle?
« Quittez cette défroque, et de vous prenez soin ! »

MADELAINE.

Que répondit mon père?

LAFORÊT.

Il lui montra de loin,
Fier et l'œil rayonnant, tout son monde à l'ouvrage :
« Tenez, dit-il, voilà ma vie et mon courage;
« Que devient tout cela, si vous m'en séparez?...
« Je reste!... »—« Soit! dit l'autre, alors vous y mourrez. »
Il mourut.

MADELAINE.

Pauvre père!

LAFORÊT.

Il mourut à la peine.

Ah! quel malheureux jour! et dans une semaine
Qui le rendit plus triste encor par sa gaieté.
C'était en carnaval. Il s'était bien hâté,
Pour terminer à temps sa grande comédie
Du faux *malade*; hélas! pris par la maladie,
Oui, tout brisé lui-même, et souffrant à mourir,
Il avait ri d'Argant, qui croit toujours souffrir.
Il put jouer trois fois, puis fut sans force; il ose
Continuer pourtant, il joue : à la nuit close,
Le vendredi, je crois entendre un bruit de voix
Dans le Palais-Royal; sous les arbres, je vois
Des torches s'avancer : « Ce sont des masques! » dis-je;
Mais bientôt j'ai vu mieux, j'ai peur, mon sang se fige,
J'ai reconnu sa chaise et ses porteurs : « c'est lui,
Qu'on rapporte mourant, peut-être mort! » Oh! oui,
Je n'en puis plus douter, je cours...; la triste escorte
Était déjà rendue et frappait à la porte.
J'ouvre, il me tend la main, et, pour me rassurer,
Il tâche de sourire en me voyant pleurer.
On le monte. Il me dit : « Cherche un prêtre! » Aux églises
On ne répondit pas. Mais deux de ces sœurs grises,
Qui viennent en carême à Paris pour quêter,
Chez lui, dans ce temps-là, voulaient bien s'abriter;
Car si parfois encore on l'accusait au prône,
On ne refusait pas son gîte ou son aumône.
« Entrez, avait-il dit, mes sœurs, vous serez bien.
« Pour être du théâtre, on n'est pas un païen;
« Claire votre patronne est celle de ma femme.
« Entrez, et si je meurs, vous prierez pour mon âme. »
Ce fut trop vrai! Les sœurs, qui pleuraient comme nous,
Mains jointes près du lit se mirent à genoux,
Lui murmurant les mots où Dieu parle; Molière

Retrouva de la voix pour dire sa prière,
Puis il voulut vous voir en ce moment béni,
Vous prit, vous embrassa, tomba... C'était fini!

MADELAINE, pleurant.

Et n'avoir pu sentir,—enfant, est-ce qu'on aime?—
Son âme qui passait dans ce baiser suprême!

LAFORÊT.

C'était à pareil jour, aussi vous pouvez voir
Que j'ai repris le deuil.

MADELAINE.

Tu m'apprends mon devoir,
Je ne l'oublierai plus.

LAFORÊT.

Ce matin, de bonne heure,
Seule, je suis allée où tous les ans je pleure,
Au petit cimetière, où son cercueil fut mis
Sous une pierre, auprès des pauvres, ses amis.
Je n'y manque jamais, et c'est mon seul voyage.

MADELAINE.

Je serai, n'est-ce pas, de ton pèlerinage?

LAFORÊT.

Ah!

MADELAINE, voyant entrer Claude et Jeanne.

Viens, on pourrait voir que nous avons pleuré.

SCÈNE XI

LES MÊMES, CLAUDE, JEANNE.

Madelaine et Jeanne se sont retirées au fond, comme pour sortir.

CLAUDE.

Vous avez beau vouloir me fuir, je parlerai.

JEANNE.

Mais...

CLAUDE.

Cette affaire-ci, Jeanne, m'indigne... presque.

MADELAINE, prête à sortir, s'arrêtant et retenant Laforêt.

Que dit-il?

CLAUDE.

A ce point êtes-vous romanesque?

MADELAINE, à part.

Je comprends.

CLAUDE.

Cette lettre avec ce nom d'emprunt,

MADELAINE.

C'est cela.

CLAUDE.

Ces soupirs enflammés, dont pas un
N'a pris feu dans le cœur...

JEANNE.

C'était...

CLAUDE.

Un badinage,

Direz-vous? C'est bien pis, car vous êtes d'un âge
Où tout compte en amour. J'excuserais ce jeu,
Peut-être, s'il cachait un véritable aveu...

JEANNE.

Je vous jure...

CLAUDE, avec bonté.

En blâmant votre tort, je me donne
Celui d'un méchant! mais, en grondant, je pardonne.

MADELAINE, à part.

Qu'il est bon!

CLAUDE.

Après tout, pourquoi faire le fier?
Des caprices, j'en eus : mes plus vieux sont d'hier.

JEANNE.

Vrai!

CLAUDE.

Mais je me défends, moi.

JEANNE.

Comment?

CLAUDE.

Je regarde
Où s'en irait mon rêve, et je me tiens en garde.

JEANNE.

Qui vous rendit si fort?

CLAUDE.

C'est le malheur d'autrui.
J'ai vu comment on souffre, et, j'en conviens, j'ai fui.
J'eus un jour un caprice aussi fou que le vôtre :
La jeunesse du cœur part moins vite que l'autre.
Vous aimeriez quelqu'un trop âgé pour vous, moi
Je songeais à quelqu'un trop jeune.

MADELAINE, à part.

Ah!

JEANNE, à part.

Tiens!

CLAUDE.

Ma foi!

Je fus pris, je l'avoue; elle est très-sérieuse
Et je pensai qu'alors.

JEANNE, vivement.

C'était...

CLAUDE.

La curieuse!

(Avec un soupir.)
Mais c'est fini.

JEANNE.

Bien sûr!

CLAUDE.

Elle n'en savait rien.

MADELAINE, à part.

Peut-être!..

CLAUDE.

Un grand exemple ici me servit bien...

JEANNE.

Ah!

CLAUDE.

Le malheur...

JEANNE.

De qui?

CLAUDE.

De Molière.

MADELAINE.

Qu'entends-je?

Les voilà, ses chagrins!

LAFORÊT.

Oui !

CLAUDE.

Sa gloire le venge.

JEANNE.

Mais...

CLAUDE.

Ses œuvres un jour vous diront son secret,
Vous saurez qu'où l'on rit bien souvent il pleurait.
O Célimène!

JEANNE.

Enfin...

CLAUDE.

Laissons là cette enquête.
Allez, Jeanne, et surtout ne soyez pas coquette.

(Ils s'éloignent : Jeanne par la porte de droite, Claude par la porte du fond.)

SCENE XII

MADELAINE, LAFORÊT.

LAFORÊT, à Madelaine qui pleure.

Quel coup, je l'ai senti, cela dut vous donner!
Ma pauvre enfant, j'aurais voulu vous l'épargner!
Voyons, remettez-vous, souvent on exagère,
Et le mal que l'on dit se dit à la légère ;
Peut-être a-t-on menti?

MADELAINE.

Je ne veux rien savoir.
Mon père, qui m'entend, m'en ferait un devoir.

C'est assez de mon deuil, sans la douleur amère
De blâmer, en pleurant, et d'aimer moins ma mère.

LAFORÊT.

Bien!

MADELAINE.

Mais cela m'éclaire, et règle enfin mon choix...

LAFORÊT.

Vrai! Les âges sont-ils assortis, cette fois?

MADELAINE.

Non.

LAFORÊT.

Songez...

MADELAINE.

Qu'au malheur il donna plus d'un gage.

LAFORÊT.

Justement, et je crains.

MADELAINE.

Moi, c'est ce qui m'engage,
Me décide, je veux,—et j'y mets mon honneur,—
Qu'où mon père a souffert, un autre ait le bonheur.

LAFORÊT.

Cependant...

MADELAINE.

Et d'ailleurs, pourrai-je, moi, sa fille,
Aimer un de ces fats que la sottise habille,
Dont je sais que l'on rit, car il fit leur portrait?
Non...

LAFORÊT.

Quel époux, alors?...

MADELAINE.

Celui qui me plairait
Est tel que l'eût voulu sa sérieuse estime,

Sincère, lui, du moins, n'en serait pas victime,
Et...

LAFORÊT.

Je vois maintenant à qui vous pensez.

MADELAINE.

Ah!
C'est...

LAFORÊT.

Eh bien! monsieur Claude!

MADELAINE.

Oh! chut!

LAFORÊT.

Il n'est plus là!
C'est un galant discret, trop discret; mais je l'aime,
Puisqu'il vous adore.

MADELAINE.

Ah! tu crois!...

LAFORÊT.

Malgré lui-même
Il s'expliquera.

MADELAINE.

Mais...

LAFORÊT.

Vous parlerez aussi...

MADELAINE.

N'y compte pas.

LAFORÊT.

Je vais arranger tout ceci.
Je suis Dorine!

SCÈNE XIII

LES MÊMES, PROVENÇAL, JEANNE.

MADELAINE, voyant Jeanne qui entre vivement.

Tiens! Jeanne est tout effarée!

LAFORÊT.

L'affaire de tantôt n'est pas bien digérée.

JEANNE, à Provençal.

Oui, c'est ta faute.

PROVENÇAL.

A moi, quand j'ai fait ce qu'il faut,
Quand je n'ai qu'obéi...

JEANNE.

Trop bien...

PROVENÇAL.

C'est mon défaut.

JEANNE, apercevant sa cousine.

Madelaine! Sais-tu...

MADELAINE.

Je sais tout.

JEANNE.

Quoi? ma lettre...

MADELAINE.

Et l'ennui dans lequel elle a failli te mettre,
La colère de Claude, enfin...

JEANNE.

Cela n'est rien,
Près du reste.

MADELAINE, très-vivement.

Comment?

JEANNE, effrayée, à Laforêt.

Ah ! défendez-moi bien,

Madame...

LAFORÊT.

Pauvre enfant !

MADELAINE.

Parle, d'où vient ton trouble?

Explique-toi, du moins.

JEANNE.

Si l'intrigue était double,

Me suis-je dit hier, elle n'irait que mieux,

Et mon roman serait bien plus ingénieux.

Alors...

MADELAINE.

Alors?

JEANNE.

J'ai cru, — sans t'avoir avertie, —

Que je pouvais te mettre aussi de la partie;

J'écrivis deux billets...

MADELAINE.

Là ! sans délibérer,

Ah !

JEANNE.

L'un pour Claude : alors je croyais l'adorer.

MADELAINE.

Et l'autre?

JEANNE.

Pour Étienne...

MADELAINE.

A qui, dans ta folie,

Tu décernas mon cœur...

JEANNE.

Oui... mais, je t'en supplie,
Pardon!

MADELAINE.

C'est insensé! L'on t'excusera, toi,
— C'est le profit des fous bien avérés, — mais moi!
C'est inouï! j'endosse, et cela m'exaspère,
Un ridicule affreux qu'avait tué mon père.
Rivale des *Cathos*, et sœur des *Madelons*.
La fille de Molière est *précieuse!* Allons!
C'est absurde, entends-tu!... L'affreuse lettre!

JEANNE.

Arrête!
Si tu la connaissais, tu verrais. Je t'y prête
Des soupirs épurés et doux comme les miens,

MADELAINE.

C'est bien le moins. N'importe, avec toi je deviens
Romanesque, et partant, sotte.

JEANNE.

Ah!

MADELAINE.

C'est synonyme!
J'appelle avec transport Étienne, Cléonyme,
N'est-ce pas?

PROVENÇAL, à part.

Que dit-elle?

MADELAINE.

Et toi, Claude, Altamon!

PROVENÇAL, à Madelaine.

Ah! vous faites erreur...

MADELAINE.

Moi?

PROVENÇAL.

Mille fois pardon !
Mais je suis sûr qu'ici vous dites le contraire :
Cléonyme est monsieur, Altamon est son frère.

JEANNE.

Et tu remis ainsi les lettres, imprudent !
Tu t'es trompé.

LAFORÊT.

Tant mieux ! Grâce à cet accident,
J'arrange tout...

JEANNE.

Comment?

MADELAINE.

Es-tu magicienne?

LAFORÊT, à Jeanne.

Vous écriviez à Claude, et vous aimez Étienne
Maintenant. Le billet est donc en bon chemin,
Il arrive à son but, en se trompant de main.

MADELAINE.

Mais l'autre, écrit pour moi, que Claude a lu ; calcule
Combien, sous ce faux nom, il me rend ridicule !
Comprends-tu ?

LAFORÊT.

Qu'il vous sert. Laissez-le vous servir.

MADELAINE.

Pourtant...

LAFORÊT.

Grâce à lui, tout se dénoue à ravir.
Vous êtes, Claude et vous, deux muets au cœur tendre ;
L'un n'ose pas, et l'autre a grand' peur... Pour s'entendre,
Triste affaire ! Or, voici le bon moyen, la clé,
Car vous aurez tout dit, vous, sans avoir parlé.

PROVENÇAL.

Ils viennent...

LAFORÊT.

Tenons-nous.

SCÈNE XIV

LES MÊMES, CLAUDE, ÉTIENNE.

CLAUDE, au fond du théâtre, bas à Etienne.

Ces lettres sont de Jeanne.

ÉTIENNE, montrant celle que tient Claude.

Et de Madelaine.

CLAUDE, avec impatience.

Ah !

ÉTIENNE

lui indiquant Jeanne, Madelaine et Laforêt qui parlent ensemble.

Tiens ! si j'ai tort, condamne,

Mais écoute.

LAFORÊT, grondant.

Ah! vraiment. (Bas.) Il faut me seconder,
C'est le moment. (Haut.) Ha! ha! (Bas.) Laissez-moi vous gronder
D'abord, c'est nécessaire. (Haut.) Ha! ha! mesdemoiselles,
L'amour, comme l'on dit, ouvre pour vous ses ailes
De bon matin, chacune a rôti son poulet...

ÉTIENNE, à Claude.

Tu vois !...

LAFORÊT, de même.

Pour l'envoyer tout chaud, par un valet...
C'est aller vite. Au moins, n'est-on pas trop coquette ?

Aime-t-on, comme nous, à la bonne franquette?
Le cœur avec l'esprit est-il un peu d'accord?
Car l'un dément souvent l'autre, et c'est un grand tort.
Que répondrez-vous?

JEANNE.

Moi?

ÉTIENNE, à part.

Voyons.

JEANNE.

Je ne renie
Aucun des sentiments qu'exprima Parthénie.

ÉTIENNE vivement, lui prenant la main.

Est-ce bien vrai?

JEANNE.

Bien vrai!

LAFORÊT, à Madelaine.

Mais à vous maintenant

CLAUDE.

Ah!

MADELAINE.

Ceci, de ma part, va sembler surprenant.
Soit, j'en expliquerai plus tard la fantaisie :
J'accepte, en attendant, ce qu'a dit Almazie.
On parle toujours bien quand on est écouté;
Mais moi, suis-je entendue?

CLAUDE, se précipant et lui prenant la main.

En avez-vous douté?

PROVENÇAL.

Allons! tout marche au mieux; l'affaire est bien ourdie,
Et nous allons finir comme à la comédie...

LAFORÊT.

Oui, comme chez Molière.

PROVENÇAL, *s'éventant.*

Ouf! que de mal! Je crois
Qu'on fila joliment l'intrigue. Cette fois,
Mascarille a gagné mieux que des réprimandes.

CLAUDE.

Aussi, le gardons-nous.

LAFORÊT.

Et moi?

MADELAINE.

Tu le demandes?
Mais c'est toi qui seras l'âme de la maison.

CLAUDE.

Oui...

MADELAINE.

Toi, chez nous, et lui, toujours à l'horizon.

CLAUDE.

Rayonnant!

LAFORÊT.

Malheureux...

CLAUDE.

Il le fallait, sans doute.
Car le talent n'est fait que des larmes qu'il coûte.
Molière en est plus grand! Il souffrit beaucoup, mais
C'est un de ces martyrs qui ne meurent jamais.

FIN

www.ingramcontent.com/pod-product-compliance
Ingram Content Group UK Ltd.
Pitfield, Milton Keynes, MK11 3LW, UK
UKHW012108240726
13965UKWH00004B/1626

9 782013 087087